AF370134

ROBERT - MACAIRE

PARTANT POUR L'ENFER.

VOYAGE

DE

ROBERT MACAIRE

AUX ENFERS.

Almanach nouveau

POUR

LA PRÉSENTE ANNÉE.

PARIS.

Imprimerie de CHASSAIGNON,
rue Gît-le Cœur, 7.

1836.

Imprimerie de CHASSAIGNON
rue Git-le-Cœur, 7.

VOYAGE

DE

ROBERT MACAIRE

AUX ENFERS.

On ne peut se lasser d'observer ce monde singulier, les mêmes vices, les mêmes sottises, les mêmes erreurs se représentent si souvent! les mêmes causes y produisent si constamment les mêmes effets. Sous des habits un peu plus longs ou un peu plus courts, ce sont toujours, comme dit Marmontel, des sots qui forment la broussaille, des innocens qui gémissent, des maladroits qui succombent, et des habiles qui profitent.

Ecoutons ce que va nous dire l'intrépide Robert Macaire, dont le nom aujourd'hui retentit d'un bout de la France à l'autre, notamment à Paris : A force de compter et d'examiner, dit-il, tant de caractères et de physionomies, qui tous diffèrent, et tous se ressemblent comme les feuilles de la forêt, la fatigue et le dégoût me prennent quelquefois ; je me jette hors de notre ridicule et misérable planète, et je vais faire un tour dans l'autre monde accompagné de mon fidèle et inséparable Bertrand ; son apo'ogie serait peut-être bien à propos ; mais non, notre voyage en Enfer est plus pressant. Je disais donc que j'allais faire un tour au séjour des méchans : ceux qui ont envie de nous suivre, dit Macaire, feront bien de consulter la Magie Noire, le Grand Albert ; on leur indiquera les différens moyens de transport pour arriver au royaume de Pluton ; ils seront maîtres et auront tout le loisir de se choisir ce qui leur conviendra le mieux, nous voulons dire ce qui leur sera plus propice.

Vous serez maîtres, dit Robert aux amateurs qui auraient envie de le suivre dans son voyage, de faire rôtir une queue de mouton noir comme l'enseigne Asmodée, ou bien, de vous mettre à cheval sur un balai comme cela se pratique en Ecosse, en faisant bouillir et mitonner un crapaud dans un chaudron, ou bien si vous l'aimez mieux, vous ferez ce que faisait l'immortel Gargantua pour inonder les villes de Pichrocole ; si ces moyens ne vous convenaient pas vous monteriez à cheval, à la façon de l'écolier d'Horace, sur les entrailles d'une brebis noire, ou vous monteriez à cru sur un bouc, le visage tourné vers la queue comme le prescrit Albert *in secretis*, dont il a été parlé plus haut. Enfin, chers amis ; qui voudrez imiter le trop célèbre et infatigable Macaire, vous vous placerez à une fenêtre, le dos positivement nu, et de manière à recevoir dans cette position les derniers rayons du soleil, comme en agissait le fameux Cardan, lequel en convient dans son livre : *De vitâ propr*

Voilà bien des manières de voyager outre-monde, toutes ne sont pas également promptes, également commodes ; mais on peut choisir, et ceux qui ne m'accompagneront pas, ainsi que mon ami Bertrand, y mettront certainement de la mauvaise volonté. Quoi qu'il en soit, malgré tous mes avis et conseils, nous voilà descendus aux enfers par un procédé qui nous appartient, et pour lequel nous avons pris un brevet d'invention. Vous riez, ami lecteur; qu'est-ce à dire? pourquoi le sans-pareil Macaire n'obtiendrait-il pas un brevet comme bien d'autres?

Enfin nous voilà arrivés au triste séjour. La première personne que nous rencontrons est un homme sec, au poil roux et dur, à l'œil enflammé, portant sur le bras une liasse énorme de manuscrits; nous le reconnûmes moi et Bertrand pour un commissionnaire de ces lieux de douleurs, où chacun expie par des tourmens horribles les méfaits qu'il a commis sur terre; nous suivîmes notre cicérone pendant une grande heure par des chemins obscurs et détournés, enfin il nous conduisit jusqu'au tribunal de l'inflexible et inexorable Pluton, qui en nous voyant s'écria d'une voix de Stentor : Que venez-vous chercher en ces lieux, faibles mortels ? Comment avez-vous été assez audacieux pour y pénétrer, malheureux que vous êtes ! Vous ne savez donc pas qu'on ne respire ici que haine et vengeance, et que tout est porté à l'extrême ? Comment se fait-il que vous n'ayez pas réfléchi aux obstacles sans nombre qui pourraient se présenter ? Répondez, et surtout point de dissimulation, point de réticences.

Seigneur Pluton, mon compagnon et moi avons fait toutes les réflexions possibles; mais nous vous avouerons avec franchise puisque vous détestez la dissimulation, nous vous avouerons,

disons-nous, qu'ennuyés et rassasiés de tous les
plaisirs et de notre vie errante et vagabonde
nous avons voulu y faire diversion en venant
visiter ces antres obscurs. Néanmoins, seigneur
nous sommes prêts à suivre vos conseils : il ne
sera pas dit que Robert Macaire ait refusé de se
soumettre aux avis du souverain de l'empire des
morts.

Quoi ! vous seriez ce Robert Macaire dont il
est tant parlé, répondit Pluton ; si connu par
ses extravagances, par ses folies, je dis plus ses
crimes!... Mais je m'arrête, car je pense que vous
êtes décidé à mieux faire, et que la soif de l'or
n'agira plus sur votre raison ; ce vil métal peut
être appelé le fléau du genre humain ; et puisque vous voulez visiter ces lieux, vous serez à
même de juger ce que peut la soif des richesses;
vous y verrez des êtres nés pour la vertu, qui
ne s'en seraient jamais écartés s'ils eussent su
maîtriser leur ambition.

Robert et Bertrand restèrent tous deux stu-
péfaits d'entendre un langage aussi extraordi-
naire, surtout en enfer; s'ils eussent osé ils se
seraient écriés : où la vertu va-t-elle se nicher!
Mais ils se donnèrent bien de garde d'en agir
ainsi. — Mon langage vous étonne, Robert,
continua l'ange des ténèbres; vous ne vous at-
tendiez pas à trouver en moi un philosophe, un
moraliste, et je suis sûr qu'avant d'entreprendre
un aussi périlleux voyage on n'aura pas manqué
de me faire paraître au re que je ne suis : ainsi,
vous voyez clairement combien les apparences
sont trompeuses, et qu'il ne faut jamais s'y fier.
— Il est vrai, seigneur, dit Robert, que vos

discours nous surprennent extrêmement ; nous étions loin de nous attendre à des vérités aussi terribles ; je vous proteste, seigneur, que vos paroles me font faire un retour sur moi-même ; dès ce moment nous abandonnons notre insensé projet, et retournons bien vite sur la terre, réfléchir à ce que nous venons d'entendre. J'approuve votre résolution, dit Pluton, retournez à l'endroit d'où vous n'auriez pas dû sortir, et une fois arrivés songez à la maxime d'un des plus grands philosophes du globe terrestre, et que vous devez connaître, car je sais, Macaire, que votre éducation a été soignée ; mais comme bien d'autres qui gémissent ici, jamais vous n'avez su vous rendre maître de vos passions ; Voltaire donc qui m'a rendu aussi visite, disait souvent : « La vie n'est qu'un voyage : est-ce une raison parce que nous ne faisons que voyager ici bas, de ne pas rendre la route le moins pénible qu'il est possible. » Il disait encore : « Quand nous arrivons dans une auberge, ne fût-ce que pour y passer la nuit, nous aimons à nous y arranger de notre mieux ; faisons de même pour le séjour qui nous est accordé ; qu'il soit le moins désagréable que nous pourrons ; jouissons surtout de nos bonnes actions, de nos talens, de notre raison : si nous éprouvons quelques malheurs, supportons-les avec courage, faisons notre possible pour les éviter ; par ce moyen nous arriverons paisiblement à la couchée. » Voilà, Robert, comme pensait l'aimable poète ; moi, je vous engage à faire de même, et à y penser sérieusement. — Nous sommes confus, seigneur, de vos bontés et de vos instructions, dirent nos deux voyageurs, et nous vous promettons de les mettre à profit. Robert Macaire et Bertrand firent demi-tour et leur guide les conduisit où il les avait pris.

Robert et Bertrand, tout pétrifiés de la leçon qu'ils viennent de recevoir, s'en retournent lentement, en réfléchissant à toutes les vicissitudes qu'on éprouve en ce bas monde. Nos deux étourdis, devenus sages par les remontrances qu'on vient de leur faire, cheminent sans mot dire, sans même adresser la parole à leur guide. Il est vrai que notre ami Bertrand murmurait de temps en temps : où la morale va-t-elle se fixer ! Mais enfin, disait-il encore, il faut avoir des amis partout, même en enfer ; et Robert de l'interrompre : Que marmottes-tu donc ainsi tout seul, disait-il, n'en auras-tu pas le loisir lorsque nous serons de retour à la machine ronde ? c'est alors, Bertrand, qu'il faudra faire abandon de toutes nos extravagances, renoncer à notre vie vagabonde et à ce que nous avons appelé jusqu'ici nos espiègleries.

— Assurément, rien ne nous sera plus aisé, Robert ; n'avons-nous pas des amis possédant toutes les qualités voulues par le seigneur Pluton ?

— Tu parles d'amis, cher Bertrand ; cela était bon lorsque notre gousset était bien garni : chacun alors nous fêtait, les louanges abondaient sur nous, et, semblables au corbeau de la fable, nous étions des phénix ; mais, puisque nous en sommes sur les amis, prête-moi ton attention ; je vais tâcher de te faire comprendre la véritable signification de ce mot, qui jusqu'à ce jour a trompé bien du monde. Le bon Lafontaine disait :

> Rien n'est si commun que le nom,
> Rien n'est si rare que la chose.

Ce mot donc a différentes acceptions, et s'emploie pour ainsi dire, mal à propos à chaque heure de la journée. Par exemple, un jeune homme à la mode appelle son cher ami une connaissance d'une demi-heure ; et il résulte de là que sa vue basse, quoiqu'il ait une bonne paire de besicles, l'empêche cependant de reconnaître le lendemain son cher ami, dont il ne sait pas même le nom.

— Mais c'est le bon ton, dit Bertrand ; c'est ce que le grand monde, la haute propriété appelle le grand usage, la véritable manière de se comporter dans la haute société.

— Alors, Bertrand, c'est donc le bon ton qu'une jeune femme appelle son ami l'homme qu'elle préfère à tous les autres ; et observe bien que cet ami a quelquefois plus d'une amitié de ce genre. Il doit venir, on l'attend avec impatience... Est-il auprès d'une autre ? une heure de retard ! quelle infamie ! le montre ! Le cruel supplice que la jalousie !.. On frappe... c'est lui... c'est le doux ami !.... on se jette dans ses bras..... Il presse avec ardeur des formes charmantes... tout est oublié ! J'espère, Bertrand, que voilà l'extrême bon ton ; qu'en dis-tu ?

— Je m'aperçois, mon cher Robert, reprend l'interlocuteur, que la morale de Pluton commence à faire effet.

— Mais, Bertrand, ce sont toutes vérités que personne ne peut contester. Ecoute, et ne m'interromps plus ; un auteur appelle son ami le chef des claqueurs qui doit soutenir sa pièce, bien qu'il méprise souverainement cet être vil et dégradé.

— Oh ! pour cela, il est impossible de te contredire.

— Mais en grâce, Bertrand, fais en sorte de te taire ; sans cela, tu m'embrouillerais dans mon raisonnement. Si tu continues tes observations, je suis homme à te ramener d'où nous venons, je veux dire devant notre juge. Tu m'as fait perdre le fil de mon discours... ah ! m'y voilà. Un auteur salue avec cordialité le journaliste qu'il redoute, et demande de ses nouvelles à ce bon ami qu'il traitera d'impudent folliculaire, si le susdit journaliste ne dit pas dans sa feuille que ce roi de théâtre est le premier cabotin de son siècle. Je crois, Bertrand, que le respectable Geoffroi, s'il était encore de ce monde, ne manquerait pas de me donner une place dans son feuilleton ; mais continuons. Un petit marquis qui veut se faire nommer député, et qui sait travailler habillement la matière électorale, appelle son fidèle ami, long comme le bras, l'industriel du grand collége, des airs de roturier duquel il se moquera quand il aura été proclamé le représentant de son département.

Tu sais, Bertrand, que nous venons de promettre sur la foi du serment de rentrer dans le bon chemin, et de vivre comme des Catons. Néanmoins, si je ne m'abuse, le souvenir ne nous a pas été défendu ; je veux dire que tout individu peut scruter sa conscience et se rappeler ses fautes et ses fredaines.

Or, Bertrand, tu dois te rappeler ces aimables nymphes qui nous appelaient leurs chers et tendres amis ; te souviens-tu des agaceries de cette brune piquante aux yeux vifs et perçans, qui appelait son doux ami, son doux chéri, le Céladon à la soixantaine qu'elle feignait d'enlacer amoureusement de ses jolis bras, tandis qu'un jeune figurant caché sous le sopha, témoin de l'impuissance du financier, attendait que l'Adonis fût parti pour faire oublier à la danseuse la présence de l'amant cacochyme. Tu rougis, Bertrand, il me semble qu'avec ton ami ta honte devrait disparaître ; n'oublie pas que nous avons promis d'être sages, et désormais la sagesse sera pour nous une vérité. — Tu m'as imposé le silence, dit Bertrand, et je ne puis par conséquent me permettre aucune observation ; alors M. l'orateur continuez à discourir.

Ah ! Bertrand que le mot d'ami est commun ! Bien des gens l'emploient et peu s'en servent. Une épouse qui se dit fidèle, appelle bien haut son chaste époux son ami, tandis que l'amant passionné attend avec impatience le départ du suranné pigeon!.. Enfin, Bertrand le mot d'ami est tellement en vogue que nous appelons un cocher de fiacre notre ami, et nous rossons à toute outrance cet ami si les chevaux font un pas de travers ; nous appelons encore notre ami ce crieur public qui nous annonce à-tue-tête les nouvelles du jour, et nous l'envoyons promener si nous ne sommes pas satisfaits de ce qu'il débite.

Je n'en finirais pas mon pauvre ami, si je continuais de traiter le même sujet; mais je me résume : un ami autrefois, était un homme qui possédait la confiance de celui qui lui donnait ce titre... Autrefois, un ami sacrifiait sa vie, sa fortune pour prouver son attachement à celui qui possédait son affection... autrefois un ami était celui qui ne profitait pas d'une confidence imprudente pour vous ravir la place que vous étiez sur le point d'obtenir... Autrefois, un ami respectait vos petits défauts, combattait vos vices, ne cherchait pas à troubler le repos de votre famille en séduisant votre femme ou votre fille; enfin autrefois un ami était un ami...

Te voilà soucieux et rêveur, te voila livré à tes réflexions ; puis-je en savoir les motifs. — Je ne puis t'expliquer ce qui se passe en moi, mais je pense dans ce moment à de certaines professions que la société rejette, et qui cependant peuvent être honorables ; j'entends parler, mon ami, du métier d'auteur.

— Mon ami, l'homme destiné à remplir ou à faire ce métier peut connaître la vertu ; elle est de tous les états : à dieu ne plaise, Bertrand, que j'aie la coupable pensée de faire croire que la vertu soit impossible à la scène! Il est de ces exceptions heureuses qui annoblissent les arts; il en existerait d'avantage si un préjugé fatal comme iu le disais tout-à-l'heure, n'avait attaché de la défaveur à la profession d'un art qui cause nos plaisirs.

Injustes que nous sommes ! nous admirons les talens, et nous méprisons ceux qui les possèdent, nous nous enthousiasmons à la vue d'Antigone en pleurs, guidant les pas d'OEdipe au-dessus des précipices ; on applaudit à cet amour filial si bien exprimé : et ceux que les sentimens de la piété , de l'héroisme , de la tendresse semblent enflammer d'un feu divin , sont souvent les premiers à corrompre un jeune cœur. C'est sur l'homme qui se fait gloire de son inconduite, de sa perversité , que devrait retomber la honte.

Ce sort les grands qui séduisent ; la plupart s'en font gloire, tandis que l'opinion devrait les frapper.

Ah! Bertrand , malheur a celui qui ne sait pas rougir du scandale qu'il cause ! on ne devrait entendre chanter l'éloge de la vertu que de la part d'une femme qui sait la respecter ; et si les chefs d'un état étaient pénétrés de cette maxime, nous n'aurions plus la douleur de voir à la scène des contrastes si frappans et si dangereux pour les mœurs.

En épurant ainsi la source de nos plaisirs nous rendrions aux arts toute la gloire qui leur est due.

Il est, dit-on, peu de femmes qui, ayant reçu des principes d'honneur, ne forment la résolution de se montrer comme une vestale : pourquoi donc en trouve-t-on si peu ? Vils séducteurs, c'est à vous de le demander !

— Ce que tu viens de dire là, mon ami, est frappant ; ce tableau est de la plus grande vérité et doit donner matière à bien des réflexions.

Nos voyageurs s'entretinrent encore de plusieurs autres sujets que nous connaitrons sans doute par la suite dans le récit que Robert se propose d'offrir au public. Nous saurons alors et

nous aimons à le croire, qu'il aura été fidèle à
ses promesses, et qu'il aura oublié, ainsi que
son compagnon, ses fredaines et l'aube ge des
Adrets. Nous présumons que tous deux ont rem-
pli et tenu à leur serment, puisqu'on ne les
voit plus en certains endroits où leurs amis les
recevaient tous les soirs avec pla...; mais le
temps est un grand maître, nous apprendrons
le reste si Dieu nous prête vie.

LE PARADIS TERRESTRE.

Air des Eaux d'Enghien.

Trinquons et buvons à la ronde,
En narguant les coups du destin :
Sans doute que dans l'autre monde,
Hélas ! on ne boit pas de vin.
De Bacchus disciples fidèles,
Loin de nous chassons les ennuis.
Bien boire et caresser les belles,
Voilà, je crois, le Paradis.   (*bis.*)

Pour bien jouir de sa jeunesse,
Vive ! vive l'heureux garçon !
Il change souvent de maîtresse ;
En amour, c'est un papillon.
Comptant vingt conquêtes nouvelles,
D'aucune son cœur n'est épris ;
Bien boire et caresser les belles,
Voilà, je crois le Paradis.   (*bis.*)

Ce n'est pas la richesse immense
Qui procure le vrai bonheur ;
Beaucoup plus douce est l'existence
Du prolétaire travailleur ;
Ses jouissances sont réelles,
Souvent le riche meut d'ennuis.
Bien boire et caresser les belles,
Voilà, je crois, le Paradis.   (*bis.*)

Pourtant au sein de son ménage
L'homme passe de doux instans,
S'il possède une épouse sage,
Et s'il a d'aimables enfans.
Qu'enfin par la douceur sa dame
L'éloigne de ses faux amis ;
Vivre avec une bonne femme,
C'est encore le Paradis.   (*bis.*)

LA NOUVELLE CREATION,

OU LE MONDE COMME JE LE VOUDRAIS.

Air du Petit Matelot.

Si je créais un nouveau monde,
D'abord, moi, je ne voudrais pas
Que cette machine fût ronde :
Tout en irait mieux ici-bas.
Pourquoi voit-on chaque minute,
Des choses déranger le cours ?
C'est qu'il faut bien que tout culbute
Dans un lie qui tourne toujours.

En unissàut la femme à l'homme,
Je ne leur donnerais qu'un cœur,
Et ne voudrais pas qu'une pomme
De leurs enfans fît le malheur.
A leurs traits ôtant la grimace,
De leur sein arrachant le fiel,
Leur âme serait une glace
Qui réfléchirait un beau ciel.

Je voudrais, pour prix de ma peine,
Au lieu de cent cultes divers,
N'en voir qu'un seul de qui la chaîne
Me soumettrait tout l'Univers.
Sublime idée ! elle m'enflamme ;
Tout devant moi viendrait plier...
Ah ! qu'il est cruel d'être femme,
Et de ne pouvoir pas créer !

DIALOGUE

De Robert Macaire et de son compagnon Bertrand
descendus aux Enfers.

Air de la Normandie.

O Macaire, je suis sensible,

Et je cesse d'être fripon.

J'entends encor la voix terrible

De l'inexorable Pluton ;

Sa sentence, hélas! est fatale :

Il punit les hommes pervers.

Pensions-nous trouver la morale

De la vertu dans le fond des enfers ?

MACAIRE.

Mon ami, j'ai fait des victimes

En m'associant avec toi :

Tous deux nous devons, pour nos crimes,

Avoir le glaive de la loi.

Le bonheur fut notre partage ;

Ah ! je ne l'oublîrai jamais.

Nous fîmes notre apprentissage

En résidant à l'Hôtel des Adrets.

BERTRAND.

On connut là notre mérite
Pour augmenter notre valeur,
Et Frédéric Lemaître ensuite
Nous fit briller avec chaleur.
Quoique le vice nous rassemble,
Va, nous ne sommes point proscrits :
Chez Dorsay nous sommes ensemble,
Et dans l'enfer et dans le paradis.

MACAIRE.

Pluton nous a dit, comme un père
De son pouvoir tout revêtu :
Du vice quittez la carrière,
Suivez les pas de la vertu.
Parvenus au royaume sombre,
Il nous a dit : Fuyez ces lieux,
Messieurs, n'augmentez pas le nombre
Des scélérats habitans de ces lieux.

BERTRAND.

De mille fripons qu'on renomme
Renonçons au funeste honneur ;
Comme moi sois un honnête homme,

Que le vice nous fasse horreur !

Nous aimions beaucoup la Chahute,

Dans les bals on la défendit :

Que personne ne nous rebute,

Chacun de nous enfin se convertit.

MACAIRE.

Nous sommes singes sur la terre :

Par des agréables acteurs ,

Bertrand et son ami Macaire

Offrent des tableaux enchanteurs.

Aux boulevards on nous admire ,

Dans les bals on nous vante aussi :

Robert et Macaire , on peut dire

Que leur accord a très bien réussi.

BERTRAND.

Quoique fripons de force égale,

Comme d'autres on nous vanta;

Dans notre belle capitale

Mille fois on nous afficha.

Ah ! tous les deux on nous renomme :

Pour nous quelle célébrité !

Hélas ! faut-il que l'honnête homme

Comme la nuit soit dnas l'obscurité !

MACAIRE.

Comme toi j'étais par nature
Un scélérat le plus profond;
Mais je tremble, je te le jure
Sur la morale de Pluton.
Pour moi la chose est incroyable,
Long-temps mon cœur l'a combattu;
Je ne pensais pas que le diable
Dans les enfers m'eût prêché la vertu

BERTRAND,

Nous avons, je te le confesse,
Tous deux mérité l'échafaud :
Mon ami le diable nous laisse;
Espérons bien plus du Très-Haut.
Ah ! si le maître de la terre
Veut oublier tous nos travers,
Soyons-sûrs que Bertrand, Macaire
Seront plus tard bien reçus aux Enfers

MORALE.

O vous qui passez votre vie
A commettre milliers d'erreurs !
Vous croyez dans votre folie
De toutes parts cueillir des fleurs.
Puisque la vie est passagère,
Laissez ses chemins tortueux ;
De même que Bertrand et Macaire,
Que les leçons vous rendent vertueux.

PAR NEVEUX.